詩を読みたくなる日

谷郁雄

ポエムピース

目次

裏返し

一日の終わりに
ぼくが
脱ぎ捨てたもの

Tシャツも
パンツも
靴下も

全部
くるりと
裏返し

よく見ると
パンツだけが
裏返しじゃない

パンツを
裏返しに
穿いていたんだ

風穴

社会に
風穴をあけようと
思って
頑張ったら

自分の心に
大きな
穴があき

その穴を
社会の風が
気持ちよく
吹きぬけていく

パスポート

詩集を
鞄に入れて
歩いていく

晴れの日も
雨の日も
雪の日も

詩集が
明日への
パスポートであるかのように

一週間

一週間に
一回くらい
心の底から
笑えたらいい

また
次の一週間も
生きてみようと

思えるように

トイレットペーパー

誰かが
泣いていたら

ハンカチや
ティッシュを
差し出す代わりに

だまって

トイレットペーパーを
まるごと
一個まま
差し出したい

涙も
トイレットペーパーで
ごしごし
ぬぐったほうが
悲しみも
早く
乾かせる気がするから

下り坂

まだ
華やかな日々を
望むのだろうか

人生の
下り坂にも
いい眺めは
たくさん

用意されているのに

友達

友達が
成功して
輝いているときは

黙って
遠くから
眺めていればいい

友達が
無一文になり
輝きを失ったら

会いに行って
コーヒー飲もうよと
誘えばいい

星の交換

光らなくなった
古い星を
新しい星と
取り替えて
スイッチを
指先で弾くと
星が明るい光で
暗闇を照らし出す

ねえ
トイレの電球
換えてくれた？

うん
換えたよ

リモコン

リモコンで
動かして遊んだ
戦車
ロボット
怪獣

まだ小さかった
ぼくの手

いま
ぼくを
動かしているのは

妻が
巧みに操作する
見えない
リモコン

めんどくさい詩

この世の
約束事が
めんどくさい

あー
めんどくさい
めんどくさ
めんどく

めんど
めん
め……

言うのも
めんどくさいから
みんな黙って
生きている

ときどき
楽しいことも
あったりするので

ＵＦＯ

ＵＦＯを
目撃した
夜もあった

翌朝
その正体が分かって
大笑い

ぼくは思う
UFOなんか
怖くない
すぐそばにいて
本心を見せない
やさしい隣人のほうが
ずっと怖いのだ

肺の標本

切り取られ
標本にされた
二つの肺

一つは
ヘビースモーカーの肺で
黒ずんだ色
もう一つは

ノンスモーカーの肺で
きれいなピンク色
でもさーと
誰かが
鋭い指摘
「どっちの人も
死んじゃったんだよね？」

笹

パンダは
笹を食べてるのに
あんなに太っている

あなたは
お肉とか
ケーキとか
ぜいたくなものばかり

食べてるのに
そんなに痩せている
明日から
笹食べる？

おつかい

タマネギと
バター
買ってきてくれる？

余計なものは
買わなくていいからね

六百円

ポケットに入れて
ぼくは出かける

灰色の空に
小さな穴が
たくさんあいていて
そこから雨が降ってくる

タマネギ
バター
ついでに
どら焼も

六百円で
足りるかな？

コーヒー

コーヒーを
ひとくち
口にふくんだ
そのとき
コーヒーが
飲みたかったと
ふと気づくように

いつも
そんなふうに
あなたと
暮らせたら
いいのに

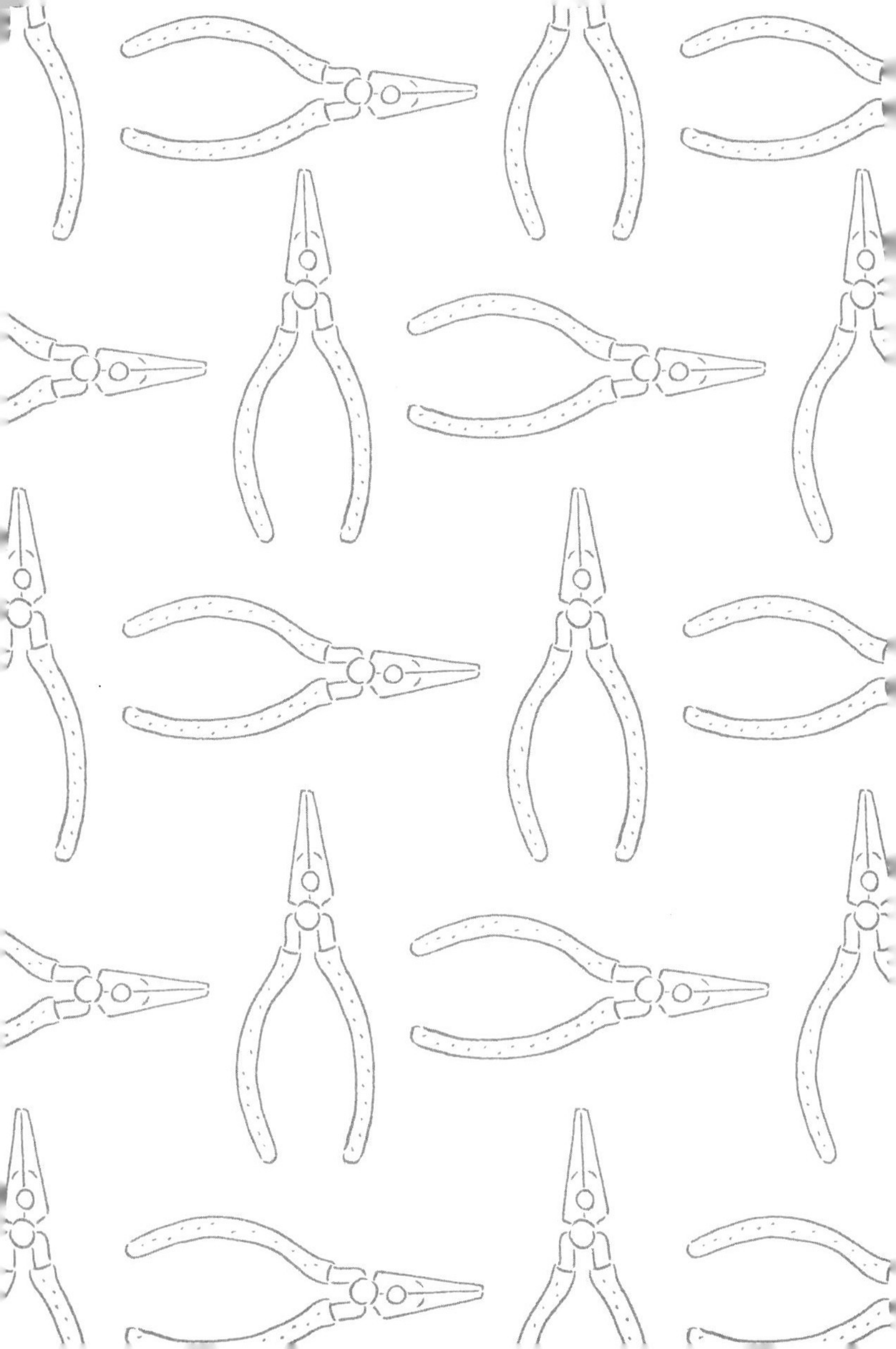

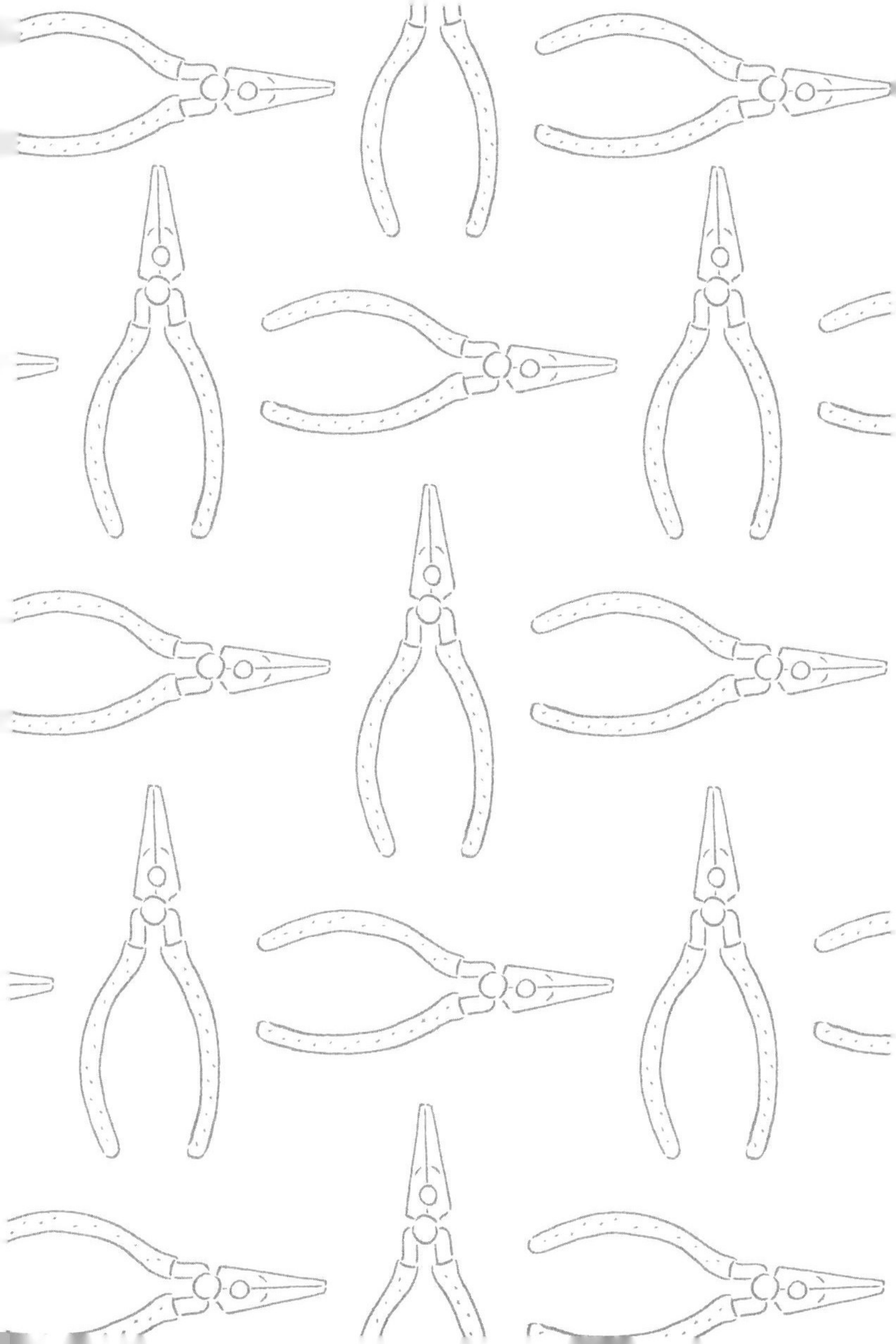

しんどいときは

犬や
猫や
ゴキブリを
数えるように

人間も
一匹
二匹と

数えるといい
人として
生きるのが
しんどいときは

レンジ

心が
寒いときは
太陽も
出てないときは
台所に
行って

レンジで
チンして
凍える心を
温めなさい

放課後

この感じは
何かに
よく似ている
放課後の
長い空白
何をしても

いいし
何もせずに
過ごしてもいい

心の影が
どこまでも
長く伸びていく

いつのまにか
校長先生よりも
年上になった

おやゆびとひとさしゆび

小さなことから
始めよう

一粒のタネを
植えたり
一本の線を
書いたり
ゴミを一つ

拾ったり

小さなことなら
いますぐに
できるはず

大きな夢を
叶えるための
最初の
小さな一歩

おやゆびと

ひとさしゆびで
簡単に
できること

patchwork

ともすれば
ばらばらに
なりそうな日々を
一本の
丈夫な色糸で
縫いとじていく

その

糸の色や
縫い方に
人柄が表れる

いま
ぼくは
不器用な手つきで
昨日と今日を
縫い合わせ
いびつな糸の点線で
新しい一日を彩っていく
今日と明日の境目まで

一針
一針
縫うたびに
新鮮な痛みが生まれる
器用に縫えない
糸の蛇行が
いかにも
ぼくにふさわしい

未知の世界

思い出は
とつぜん
蘇る

消えかかっていた
小さな炎が
風に煽られ
ぱっと

燃え上がるように
時は一九七〇年代中頃

いままさに
ぼくは
広岡さんの
パンツを脱がせて
未知の世界へ
突き進むところ

Ｓｕｉｃａ

Ｓｕｉｃａに
１０００円
チャージした朝

機械の口から
べろりと
突き出された
カードを受け取り

こんなカードの
どこに
千円札が
入っていったのかと
考えている自分が
かわいく思える

朝の風景

右手の
こぶしを
かるく握りしめ
ぐずぐず
布団の中にいたら

こぶしの穴に
妻が

人差し指を
入れてきた

こぶしを
ぎゅっと
握りしめてやったら
ふふっと
笑いがこぼれ落ちてきた

生きてる？

生きてるさ

押し花のつくり方

散歩の途中で
花を見つけます
そばに人が
いないことを確かめて
手早く花を
引っこぬきます
そのとき
花が悲鳴をあげ

涙ぐんでも
ひるまないこと
そして
何事もなかった
かのようなふりをして
持参した
文庫本の
ページを適当にひらき
虫の息の花を
ページにそっと挟み
心を鬼にして
一気に

本をとじてしまいます
あとは
生きた花が
押し花になるまで
誰にも
見つからない場所に
本を隠して
やさしい人のふりして
生きていくのがいいでしょう

希望について

ぼくらが
ちっぽけな
希望を
育てたり
枯らしたり
している間にも

ミサイルや

潜水艦や
核爆弾を
製造している人たちがいる

造るなら
使いやすくて
安くて
性能のいい
洗濯機を造れ
掃除機を造れ

爆弾を

造るよりも
人にやさしい
義足を造れ

人間らしく

ベランダで
布団と
枕を
日干ししていたら

光と風が
ぼくに
話しかけてくる

聞いてほしいことが
たくさんあるらしい

彼らに
ぼくは問う
人間は
このままでいいんだろうか？
世界は
この先どうなるのか？

ぼくに
たいくつしたのか

今度は
布団と枕を相手に
遊んでいる

人間は
人間らしく
滅びるだろう
自らの問いのナイフを
胸に突き刺したままで

ふみちゃん

この世に
生きた証に
何か形にして
残しておくことは
素敵だと思うけれど

もっと
素敵なことは

誰かの思い出の中の
大切な人になって
生き続けていくこと

ぼくに
やさしく
接してくれた
いとこのふみちゃんは
何も残さなかった

不器用な
やさしさ以外は

ヒーロー登場

ムロケンに

高円寺の駅頭で
ヒーローの登場を
待っていたら

向こうから
やってきたのは
いつも懐が寂しい
友達のムロケンだった

ややあ
タニさん
久しぶり
いい天気だねえ

お金がなくても
世の荒波を
乗り越えている
ムロケンこそ

ぼくの

ほんとの
ヒーローかもしれない

明るい未来

皮フ科の
盛田先生は
ぼくの足の親指の爪を
ゴリゴリ削り取り
爪のクズを熱心に
顕微鏡でのぞいている
ぼくはベッドの端に座り
顕微鏡をのぞく女先生を見ている

何が見えるのだろうと思いながら

明るい未来が
見えたらいいなと
願いながら

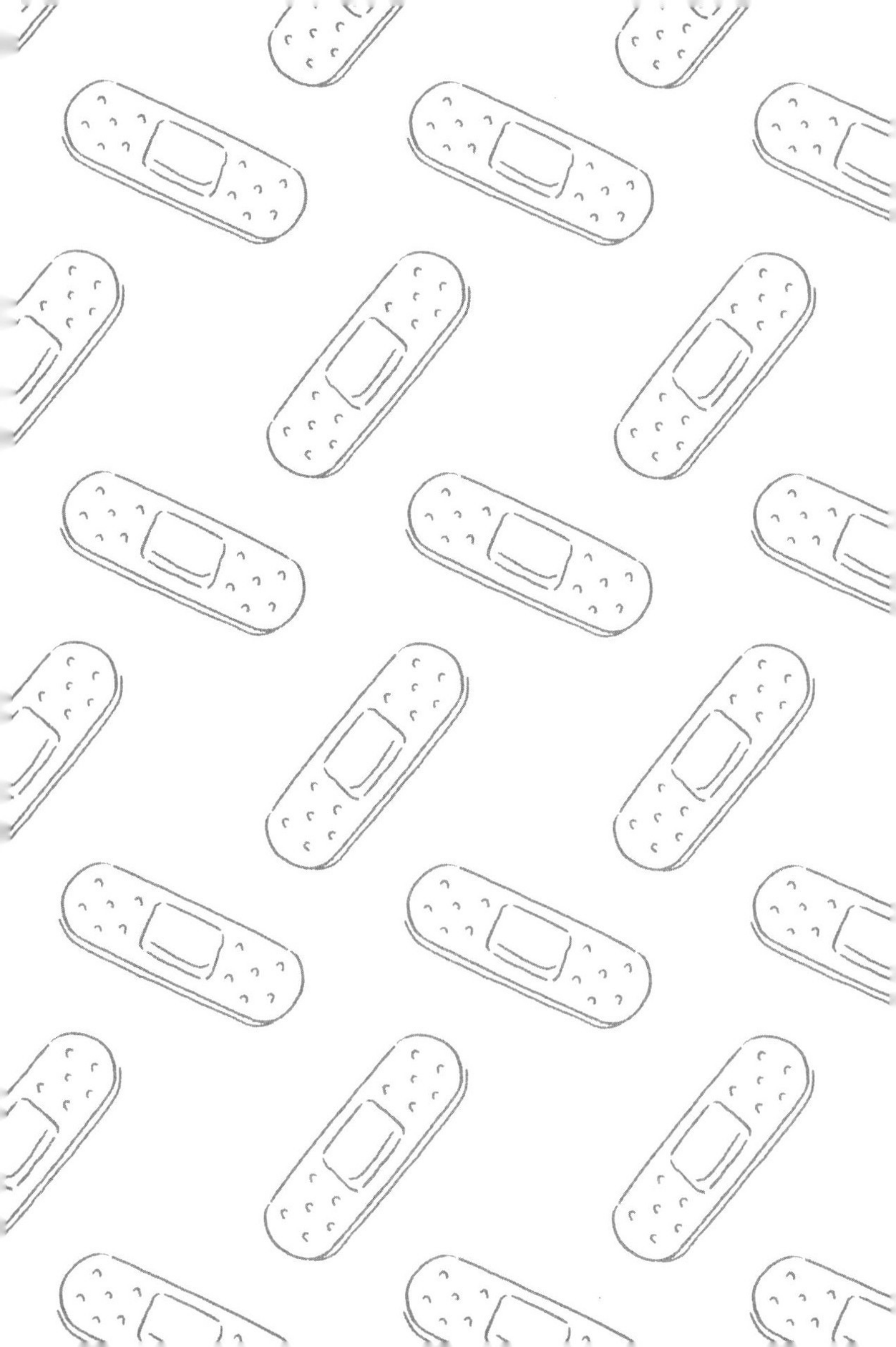

ゴミの詩

いまは
錆びついて
曲がっていても
かつては
まっすぐで
輝いていた釘

いまは

色あせて
すりきれていても
かつては
鮮やかに
人目を引いていた服

いまは
古ぼけて
傾いていても
かつては
暮らしを
見守っていた家

みんな
ほんとに
お疲れさま
キミたちは
ゴミなんかじゃない
それぞれが
物言わぬ
歴史の証人なのだ

小さな家

広い庭と
たくさんの部屋がある
大きな家に住みたいと思う

けれど
やっぱり
小さな家がいい

大きな家は
ぼくらに
ふさわしくない

呼んだら
すぐに
返事が返ってくる
小さな家に
暮らしていたい

使者

ニューヨークの
ロックフェラーセンタービルに飾る
クリスマスツリーの中から
小さなフクロウが見つかった

フクロウは
「ロックフェラー」と命名され
森へ帰された

まさか
クリスマスツリーが
フクロウの家だなんて
思わなかったのだろう

フクロウに
ごめんなさいと
謝ったのだろうか
キミの大切な家を
伐り倒しちゃって、と

人の幸せも
フクロウの幸せも
ともに祈りたい
一日も早く
「ロックフェラー」に
新しい家が見つかりますように

ありがとう

K・Tに

どっちが
先に死ぬか
という会話も
天気の話をするように
できる年齢になった

若い頃は
当たり前のように

これからのこと
未来の話ばかり
していたのに

いまはただ
今日という日を
大切にしたいと思う
若いぼくらが
想像さえしなかった
遠い未来の
今日という日を

長い間
ありがとうと
さりげなく
言っておきたい
いつ
不測の事態が
起きてもいいように

魚武さんは言った

百の決心より
たった一つの
覚悟があればいいと
魚武さんは言った

魚武さん
元気ですか？
すっかり

ごぶさたしてます

いまだに
覚悟の決まらぬ
ぼくですが
さすがに
百の決心は
めんどくさくなってきた

やはり
一つの覚悟を
決める以外に

道はないのでしょう
自らの人生を
引き受けるという
気の重い仕事を
なしとげること

＊魚武さんは、
詩人の三代目
魚武濱田成夫さん

ジャイアント馬場さんの
大きなおしり

ジャイアント馬場さんに
会えなかった
一度でいいから
そばで
見上げてみたかった
一度だけ

出会いの
チャンスはあった

その日
ぼくが乗ったタクシーの
運転手さんが
ぼくに言った

「お客さんの前に
乗せたお客さん
誰だと思います？
ジャイアント馬場ですよ」

馬場さんの
大きなおしりの
やさしいぬくもりを
ぼくのおしりは感じていた

運転手さんは
少年の目をして
こう言った

「馬場さんが
どすんと座ったら

車がぐらりと
傾きましたよ」

大冒険

ぼくらは
ついつい
忘れがち

おならも
あくびも
いねむりも

一回限りの
大冒険

新聞も
テレビも
取り上げてくれないけれど

会津からの手紙

奈津子さんに

来月
君は会津から
東京へやってくる
若い心に
希望を抱いて

大学で
近代文学の

勉強をするという
でもいまは
中島らもにも興味を
持っていると知って
君の将来が
少し心配だ(笑)

若さの勢いで
書かれた手紙は
本人より一足先に
東京のぼくのところへ
やってきた

手紙には
ぼくの詩との出会いが
手書きの文字で記されていた

いまは
気が向いたときに
送られてくる
君からのメールに
笑みを浮かべて過ごす日々

春三月
はじめて会うには

ふさわしい季節
まだ少しだけ
寒さも残っていて

帰り道

買い物の
帰り道
大きな木を
ぽんぽんと
手のひらでさわった

その感触が
いまも

手のひらに
息づいている

木も
いま頃
ぼくの手のぬくもりを
思い出しているだろうか？

キズバン

傷もないのに
ひとさし指の先っぽに
キズバン巻いて
やさしい言葉を
待っている
笑顔は

ただの
やせがまんだよと
あなたに知らせるために

スニーカー

夢は
君の瞳を
輝かせる

けれど
ときには
重い足枷になる

そんなときは
スニーカーを
新しいのに
替えたらいい
できれば
鳥の翼のように軽いやつに

大切なのは
夢じゃない
何かを
夢見たときの
心のときめき

あとがき

ここに収めた詩のほとんどは、みらいパブリッシングのウェブマガジン「みらいチャンネル」で始めた「詩人・谷郁雄の日々の言葉」という連載で少しずつ発表したものだ。その連載はいまも続いている。特にテーマなどは考えず、新しい一日が始まれば、気の向くままに机に向かい、思い浮かんだ詩を書きとめる。飛び去ろうとする鳥を素早く捕まえる要領で。何も思い浮かばなければ、窓の外の柿の木や、妻が育てるベランダの鉢植えの植物たちを眺めたり、読みかけの本の続きを読んだりして過ごす。

　そうやって書き溜めた詩の中から、少しはマシなものを選び、詩集という洋服を着せて、今回またポエムピースから出版していただけることになった。一冊の詩集にまとめるに際して、編集担当の川口光代さんに詩の並びを考えていただいた。その結果、詩集全体にとても新鮮な意味の流れとリズムが生まれることになった。詩たちも、それぞれの居心地のいい場所を与えられ、心地よさそうだ。

　一年以上もの間、コロナ禍の重苦しい日々を過ごしながら、いろいろなことを思い、自分を励ますように詩を書き続けた。日々の不安が詩にも影を落としているかもしれない。一日も早い終息を願いつつ、このささやかな新詩集を世の中へと送り出したい。

最後に、編集を担当していただいた川口光代さん、連載中にお世話になった笠原名々子さん、ポエムピースの松崎義行さん、そしてこの詩集にステキな洋服を着せてくださった鈴木千佳子さんに感謝します！

二〇二一年初夏　コロナ禍の東京にて

谷郁雄

たに・いくお

1955年三重県生まれ。同志社大学文学部英文学科中退。大学在学中に私家版詩集『わが地獄の季節』制作。90年『死の色も少しだけ』で詩人デビュー。93年『マンハッタンの夕焼け』が第3回ドゥマゴ文学賞の最終候補作に。写真家のホンマタカシとコラボした『自分にふさわしい場所』をきっかけに、さまざまな写真家・アーティスト・作家とのコラボレーションによる詩集を数多く刊行。リリー・フランキー、尾崎世界観、吉本ばなななとのコラボ詩集など、著書多数。本作は、ポエムピース刊行の詩集としては、『バナナタニ園』『大切なことは小さな字で書いてある』に続く3冊目。詩集のほか、自伝的エッセイ集『谷郁雄エッセイ集 日々はそれでも輝いて』などがある。作品は、合唱曲になったり、中学校の教科書に採用されたりしている。

詩《し》を読《よ》みたくなる日《ひ》

2021年8月5日　初版第1刷

著　者　谷郁雄《たにいくお》
発行人　松崎義行
発　行　ポエムピース
〒166-0003
東京都杉並区高円寺南4-26-12 福丸ビル6F
TEL 03-5913-9172　FAX 03-5913-8011
編　集　川口光代
装丁・装画　鈴木千佳子
印刷・製本　株式会社上野印刷所

ISBN978-4-908827-71-6　C0092